반지하

J.H CLASSIC 068

반지하

이관묵 시집

지혜

시인의 말

나를 사람에게 갇히지 않게 하시고
나의 언어들이 모든 날씨를 가르치게 하소서
이 무신론자의 기도가 아무리 가난하더라도

나는 나를 낭독하지 않습니다
나는 나를 번역하지 않습니다

나를 내 밖에 세워두고 눈 맞히소서
내가 나로 들끓게 하소서

–시, 「겨울 버즘나무의 기도」 중에서

2021.1
이관묵

차례

2부 질문의 생가

3부 하늘 민박

4부 겨울 버즘나무의 기도

• 일러두기
한 연이 첫 번째 행에서 시작될 때는 > 로 표시합니다.

1부

땅바닥 경행經行

시 그늘

나, 네가 왔다

산 벚꽃 밑에 무릎 세우고 앉아있을 때,
늦은 밤 막 버스 혼자 보내고 정류장 평상에 앉아 마음 뒤적거릴 때,
그 두꺼운 마음 침 묻혀 넘기다가 또 다른 마음에 걸려 넘어질 때,
넘어진 마음 부축해 모셔다 고택 툇마루 같은 시간에 앉혀 놓을 때,
혹은 뒤뜰 목백일홍 꽃나무 앞에 섰을 때,
내가 가장 얇을 때,
폐가일 때,

나, 네가 왔다

홍매화

그때

보육원 뒤뜰에 내다 버린 핏덩어리가

핏덩어리 문장으로 찾아 왔더군

또박또박 눌러쓴 편지로 찾아 왔더군

잠시 내 삶 기웃거리다가

자꾸 뒤돌아보며 끌려가는 편지 같더군

땅바닥 경행經行

늦가을 청암사 진영각
진영은 일찌감치 먼 탁발 떠나시고
어두컴컴 몇 분 모셔져 있는

(본디 진영은 어두컴컴이지만)

툇마루 혼자 앉아 듣는 낙숫물 소리
스님은 비를 봉독하고
땅바닥은 그걸 받아쓰고

저 소리로 나는 나를 받아쓰고 싶다
책 한 권 내고 싶다

온전히 나를 나이게 하는 언어

땅바닥

할미꽃

두 부부가 일손을 멈추고

발아래 내려다보네

사랑받지 못하고 죽은 시간을 위하여

땅속에서도 썩지 못하는 시간을 위하여

발아래 매장된 발의 싹을 위하여

삶 수그리고 또 수그리네

새가 높이 날아오르자 봄의 남쪽이 크게 한 번 출렁하네

언덕이 자꾸 마음을 꿔달라네

일반석

당신 빈소 찾아

만수향 한 개비 꽂고

술 한잔 올리고

무궁화 타고 내려오는데

하늘을 바꾼 사람들과

날씨를 갈아 끼운 역들과

벌판이 지워지는 속도와

당신만 한 크기의 호흡을 가진

일반석

그곳은 봄이었으나 눈보라가 마음을 앉힌

>

음악 같은

음악의 끝 악장 같은

우주의 맨 뒤곁

계룡산

마음이 침침한 날은 산에 가서 비탈이 되겠습니다. 오를수록 전망이 트이는 이야기와 숨이 차오르는 편지가 되겠습니다. 가시거리가 좋아 오늘은 멀리 있는 당신을 볼 수 있겠습니다. 수요일한테 수요일 모양의 감정이 생긴다고, 수요일 모양의 입장이 만들어진다고 너무 야단치지 마십시오. 수요일도 많이 쇠약해졌습니다. 나를 다 읽으면 찢어버리세요. 이만하면 내가 앉았던 자리마다 싸리꽃이 피어 있는 까닭을 아실런지요. 바위가 숨을 몰아쉬며 거기 앉아있는 까닭을 아실런지요. 지금 막 해지는 당신이 나를 통과하고 있습니다. 산이 나를 업어 오르고 있습니다. 당신과 나, 아직 도착하지 않은 서로의 답장입니다.

산안리* 1

산 꽃 보러 왔다가 허탕 치고

나는 길을 주저앉힌다

되돌아가는 길은 누가 만들었는지

네비에도 나오지 않는 아주 먼 헛걸음

저 빈집들은 언제쯤 만개할까?

사람 쫓아내고 사람 그리운 꽃

쇠솥에 보리쌀 안치는 소리 넘어

생솔가지 타는 냄새 돌아

쪽창의 등잔 불빛 아래 뜨개질 건너

빈집 군락지

>

며칠 후면 비가 올 거라고

며칠 후를 살아본다

그때쯤의 헛걸음을 꽃의 말로 닦아주며

세상의 끄트머리

혼자 피었다 툴툴거리며 지는 꽃

* 산벚꽃 군락지, 충남 금산군 군북면 산안리.

산안리 2

당신 몸에서 캐낸 무릎을 틀자
지금 막 산벚꽃이 도착했어요

여기부터가 마음이에요

당신이 잘 보이는 곳에 주차하고

덜컹덜컹한 당신의 급커브를 쭉 펴서 늘렸다가 다시 구부려 놓아요

당신의 한쪽은 물렁하고

다른 한쪽은 관념처럼 딱딱해요

여기부터 맥박이에요

울음 여럿 지나가느라 골목이 휘어진

여기부터가 마음이에요

>

산벚꽃이 입구와 출구 계약직으로 근무하는

여기부터

절벽기도

해발 775미터

계룡산 삼불봉 암벽 아래 기도 터

촛불에 그을린 절벽에서 읽었습니다.

"이 세상 통곡보다 더한 구원은 없습니다"

찔레꽃 순례

찔레꽃이 혼자 걸었습니다
저만 다니는 길을

창백한 내색에
서로 가까워진 입구에
멀리서 객사한 문답에
고립에

코를 대보는 찔레꽃

'왜 시간을 이리 늦게까지 안 재우는지?'
라는 표정으로 길을 고칩니다

말 파묻은 혀로
밤새 쓴 편지 갈기갈기 찢어놓고 모로 누운 새우잠으로
잠깐 다녀간 꿈으로
부은 눈으로

'그만 됐으니 몰고 온 길 어서 끌고 내려가시게'라는 문장처럼
서 있는

플라타나스 밑으로

찔레꽃 뒤쪽은 길이 여러 갈래 뚫렸습니다
찔레꽃, 충분히 먼 순례입니다

'왜 폐교 유리창들은 아직도 퇴근하지 않는지?' 같은 의문을 거쳐
봄에만 볕이 드는 입장도 거쳐
몸이 불편한 견해도 거쳐

마침내 찔레꽃이 도착했습니다

'찔레꽃이 나까지 걸어오는 거리를 봄이라고 정하면 안 되나?' 같은 물음은 내가 뒹굴뒹굴 시 쓰던 골방입니다
대낮에도 컴컴한

너무 걸어서 길이 많은 나를 통과하고 있군요
저 꽃이

능소화

거기서 헌 골목을 더 올라가면 '성원에 감사합니다'를 크게 써 붙인 삼층집이 나와 지도에는 없어 삼시 세끼 멀쩡한 층계를 뜯어 먹던 날들을 쌓아 둔 곳이야 요즘 울안에 능소화가 피었지 어서 와 사람이 먼 길 걸어서 능소화에 당도하려면 사람을 오래 신어 봐야 하거든 사람이 사람의 사이즈에 맞지 않거나 사람에게 깊이 쑤셔 박히면 능소화까지 걸어 나갈 수가 없어 캄캄해서 보이질 않거든 너 사람에게 입원해 본 적 있지 그 사람 지나고 네가 자주 앓던 사람 지나야 능소화가 보여 능소화는 오르기 어려운 꽃이거든 그런데 그거 알아? 사람이 사람을 도려내고 그 움푹 패인 자리 다시 사람이 돋을 때까지 다녀간 밤들, 그게 능소화의 감정이라는 거 그 감정을 모르면 대낮에도 캄캄해 아무것도 안 보여 그래서 나는 사람을 신고 사람을 많이 걷지 사람이라는 공간은 머물기에 아주 푹신해 요즘은 아예 오래된 사람을 리모델링하고 사람 가꾸는 재미로 사는 걸 뭐 그런 마음만 비추니까 능소화지 아프니까 능소화지 어서 '나' 열고 들어와 '나'를 앓아 봐 '나'를 아파 봐 능소화처럼

모란

오래전 일이에요
어느 여름의 굵고 실한 천둥을 캐서 파면 돌만 나오는 마음 한 켠에 묻어두자 마음 쪽으로 길이 생겼어요

십수 년 지나 노쇠한 관절 이끌고 물어물어 찾아가 보니 천둥은 이미 도굴되었고 천둥이 묻혔던 구덩이만 으르렁거리더군요

담배 끊고 사람 끊고 세계가 구부정해질 무렵, 구덩이나 좀 가꿔보려고 구덩이를 꺼내 번쩍 들어다 볕 드는 창가에 내놓았지요

그리고 매일 약수터에서 떠 온 날씨를 갈아 주었어요 천둥이 무사히 돌아오기를 기다리는 내내, 구덩이는 저 혼자 어두워지거나 밝아지곤 했지요

하지만 그뿐이었어요
해마다 여름에만 마음을 만드는 뭉게구름 옆에서 구덩이 혼자 활짝 만개할 뿐 천둥은 끝내 돌아오지 않았어요

더 이상 천둥은 오지 않는다고 요즘은 가까운 이의 발자국 소

리나 헤아리고 있다고 구덩이가 두근두근 피었네요 허나 모든 약력에는 천둥이 묻혀 있다고, 반드시 어딘가 묻혀 있을 거라고, 그로 인해 생각에도 골목이 생긴 거라고, 일교차가 크다고 구덩이들이 모여 가래 낀 목으로 제법 천둥소리를 내네요

검붉은 구덩이에요 모란은

산딸나무 꽃

스님에게 물었다

–왜 이런 심산 절벽에 혼자 사시나요?

스님이 대답했다

–아무것도 하지 않으려고…
–말도…
–생각도…

또 물었다

–저 큰 돌부처를 어떻게 여기까지 모시고 왔나요?

스님이 말했다

–돌도 부처 안에 들어가면 말을 으깨더군. 모든 만물은 말을 죽이면 엄청 가볍거든

한참을

>

山僧처럼 뭉툭하다가
네게 건넬 말 한 송이 손질하다가

그렇게 또 한나절을

말 안의 나와
내 안의 말과
번갈아 두들겨 패다가

잊은 채 거기 놔두고 하산했다

꺼진 핸드폰을
하얀 멀미를

목련 노선

108번 버스가 집 뒤를 오간다는 거
종점이 낭월동이라는 거
종일 낭월동만 실어 나르기 때문에
낭월동에 가면 낭월동만 수북하다는 거
여기도 누군가 헤어진 등짝이 살고
누군가 살다 떼 놓고 간 공터가 산다는 거
누군가 시를 쓰고 있다는 거
밤엔 편지도 쓴다는 거
아주 먼 곳서 그 많은 낱말이 찾아온다는 거
사람과 사람 사이 천둥이 다녀간다는 거
이 넓은 낭월동을 목련이 죄다 실어 날랐다는 거

알고 있겠지?

108번 버스 끌고 목련이 목련까지 운행하지만
목련에서 목련까지 노선이 둥글다는 거
잊지 마

목련은 꽃이 아니라 노동이라는 거
가끔 파업에 동참한다는 거

그거 절대 잊지 마
절대 잊지 마

모과나무 문장

'벌써 십이월입니다' 처럼
모과나무가 서 있습니다

잎 떨군 가지 끝
달랑 매달린 모과 한 과果 지나

모과나무의 누런 빛 지나

모과나무 열고 모과나무 기분을 꺼내 만든 문장

'내려놓으세요 십이월을. 아직 걸어보지 못한 마음 꺼내 눈이 신고 올 신발 삼아야 하니까요'

언 이마로 모과나무를 읽었습니다

모과나무에 문장이 만개했군요

'뻔한 것도 멀어 보이는 곳에 눈신발 한 켤레 걸어두겠습니다. 당신이 당신을 찾아오는 데 불편하지 않도록' 처럼

서 있는 모과나무입니다

가을에 오는 빛들

라흐마니노프의 음반「철야 기도」와
젊은 시인의 첫 시집을 주문했더니
시집이 먼저 도착했네

'시가 오는 길과 음악이 오는 길이 다른가 봐'라는 당신의 말을 비스듬히 걸어두네

'시의 보폭과 음악의 보폭이 다른 거지'라는 내 말도 옆에 나란히 세워두네

아침마다 쌀이 나온다는 바위 구멍을 가진 동혈사의 생각으로

그곳을 넘던 단풍들이며 단풍든 발자국들의 생각으로

닳아 없어진 소년도 닦아보네

아무에게도 인정받고 싶지 않은 하루를 데리고 가을볕을 쬐는 일로 비로소 나는 나의 먼빛이 되려 하네

주민을 열고 나도 꺼내 닦아보네

욕도 꺼내 볕에 말리니 풍경이 되네

2부

질문의 생가

반지하

갓 여남은 살이나 되었을까 사내아이가 반지하 단칸 방 찬 바닥에 새우처럼 구부리고 잠을 잔다. 며칠 전 병원으로 실려 간 할머니의 잠을 둘둘 말아 개 놓고 오늘은 할머니가 입던 시간도 깨끗이 빨아 널었다. 연탄아궁이 앞 엎어진 운동화 한 짝은 모든 길이 공중에 나 있다는 걸 어떻게 알았을까? 지상의 물음에 지하의 묵묵부답이 깊어지는 세계. 절반은 낮이고 나머지 절반은 늘 끌고 다닌다. 오늘도 그 절반을 데리고 멀리 방파제 가서 한참을 앉았다 왔다.

구절초 앞에서는

구절초 피었다고
구절초 피었다고
금산錦山이 둥글게 부풀어 오르더군
구절초 앞에
널찍한 오후 펼쳐놓고 둘러앉은
골안개 자욱한 일교차들
정문正門이 없는 안색들
마음이 마음을 건드려 빛을 발하듯
구절초 앞에서는
구절초 앞에서는
왜 이별을 만든 이유가 말해지는지
왜 모든 얼굴들이 이해되는지
구절초 앞에서는
왜 사람이 초기화되는지
최적화되는지
마음 줄줄 엎질러진 얼룩 같은 꽃
혹은 그 후문後門 같은 꽃

건어乾魚

이슬이 많던 논두렁 길
등교하며 교복 바짓가랭이 흠뻑 적셔 봤다

가방은 늘 젖은 질문들로 꽉 찼다.

이슬 맺지 못하는 저 논두렁
방부제 뿌린 머리 사물함에 처박아두고
썬크림 코팅한 잠 점검받으러 학원 차에 오르는 꼴이라니!

우리는 이미 삶을 능멸하고 있다.

무릎 화엄

무릎 다쳐 고생한 지 벌써 몇 달째,

아픈 무릎 데리고 간신히 마음에 도착했어. 오래 손 보지 못한 탓에 고산 심처의 낡은 암자 같은 헌 마음, 무릎은 본디 여기서 살았어야 했는데 말야 무릎은 마음을, 마음은 무릎을 서로 돌보지 못하고 산 거야 후회하면 뭐하나 다 지난 일일세 하안거 끝내듯 통증 뜯어서 뼈는 뼈끼리 여름은 여름끼리 후회는 후회끼리 걸어두었네. 무릎 불편하지 않게 마음 몇 번이나 뜯어고쳤지. 봉해버린 말, 관절 불편한 고집, 매일 달이 필요한 편지, 너무 무거운 것들이었어. 관절이 이것들 어찌 이기고 살겠어. 몽땅 들어냈지

서너 평도 안 되는 마음이지만 손 안 댄 곳이 없어 그 많던 소란 다 치우고 나서 그늘에 좀 쉬자는데 아무래도 허전하더군. 쓸쓸하더군. 마침 누군가 춤 한 박스를 보내주더군. 관절 아플 때 붙여 보라구 고맙더군. 그날 이후 마음 퉁퉁 부은 자리에 주먹만한 춤 하나 흐르는 물에 깨끗이 씻어서 올려놓았지. 먹돌 크기의 춤, 아 그런데 말야 그날부터 놀랍게도 통증이 씻은 듯이 잦아드는 거야 참 신통하지 싹 나았어. 아마 오늘 밤은 당신의 가을까지 당도할 수 있을 거 같아 오랜만에 세계가 충분해

>

얼마나 멀까

내가 매일 쓸어 놓은 당신의 언어까지는

재개발 구역

사람들의 하루하루가 공장에서 찍어낸 듯 네모반듯하더군. 간혹 엘리베이터에서 만나는 위층 사내도 보리박구처럼 차려입고 바코드처럼 말했지 오후에 방문한 택배기사는 거래처별로 다른 말을 하느라 얼굴을 다 써버렸더군

나도 주말엔 재고정리 매장에 갔다가 사각형으로 출시된 무표정을 박스 채 샀어 오다가 주민센터 들러 새로 제작된 주민 한 벌 공짜로 얻어왔지 멱살의 사이즈는 맞는 게 없어 그냥 나를 지워버렸어.

아무리 두드려도 깨어나지 않는 벽돌들, 저녁마다 아파트 유리창에 배달된 네모진 밤과 캄캄한 규격품의 사랑들, 네거리마다 걸린 검증된 감정들…

저 배후들과 함께 밥 먹고 목욕하고 낮잠 자고 박수치고…

구획정리된 날씨들, 모종들

막무가내 허허벌판을 이리도 고분고분하게 길들이다니

>

갈 곳 없는 비는 어디에 보관해야 하나
구름 생각이 만져지는 오후는 어느 잡지에 발표할까?

얼룩 공원

‘길 좀 비켜주시죠’
라는 말에 줄을 매서 끌고 나온 여자가
‘아이구 내 새끼’ 하며 엄마의 방향을 만든다

나는 물음표처럼 앉아서
엄마 이전의 사랑에 대해 궁금했다

‘누구든 짖으면 물어뜯어’
라는 감정 때문에 엄마가 되는 여자
엄마가 그리운 여자

엄마처럼 굽은 길이 엄마를 끌고 간다

엄마가 구불구불 휘어졌다

모처럼 걸치고 나간 오후가, 엄마처럼 붉게 물들었다
빨아도 지워지지 않는 엄마

얼굴을 열고 엄마를 꺼내 마시다가
엄마를 엎질렀다

우편번호

자연산 생활 한 박스만 보내다오

감잎 붉게 물드는 속도를

고서의 너덜너덜한 페이지 넘기는 소리를

재고로 쌓아 둔 불면을

어두운 낙서가 내다뵈는 창문을

폐교 벽에 아직도 재직 중인 '정숙'을

곁에 두고 싶은 망각望角을

풀 뽑다 실수로 사람 뽑은 손을

목요일도 기억 못 하는 목요일을

늦은 도착을

>

늙음의 주소 앞에 세워다오

쉽게 찾아올 수 있도록

정장 차림으로

차렷 자세로

질문의 생가

소년은
허술하게 지었지만, 벽이 많이 나오는 나의 집입니다

막차 놓치고 먼 고갯길 바라보느라 훌쩍 커버린 버스 정류장이,
삼십 리 밖 들판을 싣고 가는 기차 소리 들으려고 혼자 높아진 미루나무가,
침침한 등잔불 밑에서 툭툭 튿어지는 엄마를 꿰매던 빗소리가,
죽은 이가 묻힌 검은 가슴이,
내가

모두 같은 소년에서 살다 떠난 벽입니다

한 번 다녀가시죠 가끔 소년 따고 들어가 소년처럼 앉아서 어떤 이의 기분으로 오는 저녁을 뜯어보거나 그림자가 생기지 않는 말들을 앉히거나 '삶은 잊어버리는 방식의 하나'라는 거적대기라도 걸치고 앉아보세요 생각의 형상이 뒤틀릴 수 있으니 조심하면서…

>

소년은 벽으로 벽을 파먹으며 벽 모양의 시간을 만들던 나의 고택입니다

설빔으로 사주신 정류장을 신고 쏘다니느라
발자국이 나빠졌고
눈길이 휘어졌습니다

손잡이가 떨어진 혼자도 만져보시죠

설렘과 추운 손금과 검은 우울은 벽의 감정으로 돋을새김된 진품입니다
벽 모양의 나도 만져집니다

내가 내 안의 소년일까?
소년이 내 밖의 나일까?
도대체 나는 윤곽일까, 실체일까?

질문을 걸어보니
내가 많이 줄었습니다

오동나무에 내리는 빗소리

집 앞에 오동나무가 있었어요

목구멍 하나라도 줄이려고
저녁을 오동나무에게 입양시켰지요

(어디로 가야 할까)
(어떻게 살아야 할까)

오동나무는
오동나무는
무릎 아래 수북이 저녁을 모아놓고
매일 밤 여기저기 뼈의 균형을 고쳐주었어요

평생 잠자지 않고 업어주고 달래주고…

평생 업어 키웠어요

오동나무가 죽기 전 마음에게 던진 말을
나도 배우고 싶어요

오동나무가 업어 키운 그 말을

내가 식는 방식

국밥집에 들어서니
식탁에 수국 한 송이 꽂혔다
스무 살 때 문장으로

국밥을 주문하고 수국을 읽었다

문장이 싱겁다는 생각 앞에서
국밥을 기다렸다
수국의 기분으로

시간이 뎁혀지는 동안을 기다리는 일이 수국의 문법인지 국밥의 문법인지 궁금해하는 옆으로 국밥이 나오고 수국은 갑자기 국밥의 기분을 품는다

수국 안에는 아직도 스무 살 때 국밥의 마음이 살까?

마음 가장자리부터 식어가는 말을 워낙 좋아해서 오늘은 결말에 대해 수국처럼 말하려다 그만두었다

국밥 너머 밤이 오는 곳으로 스무 살 때 누런 얼굴이 뜨고

소식 끊긴 통화이탈지역이 '수국의 생가'일 거라는 생각을 부축하며

그만 가자

계산대로 가서 얼굴을 결제하고
약간의 수국을 거슬러 받고
잔돈처럼 나는 미안해지고

밖을 나서니 그림자가 꽤 길다
그러니까 내 안에 '수국은 내가 식는 방식'이라는 말이 들어있는 게 분명하다

바람 공방

직지사 갔다가 나무로 깎아 만든 얼굴 하나 사 왔다

나무로 푸르게 누군가를 기다려 본 적은 있지만 바람으로 크는 나무에게 누가 저런 얼굴을 주었는지, 저 해탈의 규격이 본래 나무의 것이었는지 바람의 것이었는지 궁금해하다가 갑자기 몸이 뜨거워지는 날이 있었다.

너를 깎아 쓰러뜨리고 읽던 날 읽다가 사라지는 높이를 가졌다. 미움이었는지 용서였는지 모르지만, 자꾸만 나를 흔드는 어떤 힘으로 부대끼면서 또 깎았다. 너를. 네가 없으니까

너는 내 몸 안의 너였던 높이 만큼 푸르게 먼 곳이었고

너는 파면 팔수록 바람이었다가
묻어 두면 먼 곳이 되는

비정형의 문장

너로 알고 깎았는데 나였다

봄 무늬

공공근로 나온 꽃들이
언덕을 떠메고 가네
무거운 듯 힘겹게 떠메고 가네

어제 내린 비로
하늘은 범람하고

오는 길 은행 들러
봄볕에 그을린 언덕의 마음 일부를 송금했네

돌아서서 검은 비닐봉지 닮은 나를 벌려
다시 나를 구겨 넣네

눈

깊은 골짜기 오두막집의 쌓인 눈

겨우내 길 끊고 혼자 지내시는 하얀 주소
여기서 누대를 사신다는

한밤중 담뱃재 터는 소리를 우편번호로 부여받은

겨우내 녹지 않는 마음의 응달
종손들이 절대 팔지 않는다는 저 쌓인 적막의 공시지가는?

흑동백

이른 새벽
보육원 현관 앞 핏덩어리 던져 놓고
가다 돌아보고
가다 돌아보고

눈물!

얘야, 이 분이 네 엄마란다
나보다 푹신한

헌 빗자루

마당을 저리 기막히게 서술하다니
가래침도 가르치다니
죽은 당고모 한숨도 길들이다니
반송된 시집의 몸을 저리도 곱게 개 놓다니
사람한테 데고도 또 사람을 심다니
마당에 대들다니
꽃을 이기려 하다니

그러면 되는 줄 알았습니다

첫 눈발들

이 겨울 첫추위 데리고 온
눈발들

뼈 없는 맨살들

저들로 하여
내가 쫓아낸 마음 만날 수 있다면

어디 사는지
연락 끊은 지 오래된

그분

만날 수만 있다면
만날 수만 있다면

남하고는 다른 방식으로 이해하라는
얌전하고 소심한 눈짓

결정적 순간

— 앙리 카르티에브레송에게

폭격 맞은 집 앞마당에서
두 소년이 소꿉놀이를 하고 있다

부서진 아빠를 걸치고
부서진 엄마를 걸치고

안 쓰던 사랑을 만든다 흙 묻은 손으로

세상이 물었다.
전쟁아, 너는 그 손으로 무슨 짓을 한 거니?

3부

하늘 민박

입에게 저지른 죄

입 사세요
말이 튀지 않도록 입을 착용하세요
한 번 사용한 입은 버리세요
1인 1매씩만 팝니다
공적 입입니다

우리는 모두 줄 서 있다
이 비참한 언어를 부지하기 위해

오래된 미래

자연사박물관에 갔어요

소멸에 이르는 곳에도 돌계단을 놓았더군요
망각을 보관하기 위해 에어컨을 틀고 제습기를 켰네요

내부는 캄캄해 사람을 켜야만 볼 수 있어요

침묵은 있는데 언어가 없어요
악보는 있는데 연주가 없어요
날짜는 있는데 날씨가 없어요

거울은 분내 나는 얼굴 분실하고
한겨울 눈길은 스스로 업어 키운 발걸음 쫓아내고
비 맞은 시골 정류장은 오랜 기다림 입양 보냈어요
산모롱이 굽이굽이 돌아간 기찻길은 저 끌고 다닌 기적소리 살처분하고
캄캄한 밤은 가물가물 아련한 등잔불을,
뼈만 남은 가슴은 긴 포옹을,
모두 출가시켰어요
대성통곡보다 주검이 더 오래 사네요

>

사람 켜야 환해지는 것들만 진열했네요

우리는 오래된 미래예요

묵비권

정문에 들어갈 땐 정장이던 입
후문 나올 땐 속옷 차림이네

참고인 자격으로 불려 온 하품
고생하셨네

정중히 모시게

모르는 생각

한낮 거실의

펑퍼짐한 시간의 여울에 발을 담그고 있었다

무심코 떠내려오는 모르는 생각 붙잡아 씻어 드렸다

늙고 주름이 많은 호흡이었다

뒤통수만 들여다보았을 뿐,

아무 말도 걸지 않고 흐르는 물에 다시 보내드렸다

바쁨의 습생濕生이겠지!

오후 맨 뒤쪽 끝에 조금 마음만 묻히고 다녀가셨구나

세상은 거들떠보지도 않고

낙타

내게 배송된

시집

그 곁

뜯어진 겉봉

네가 뚜벅뚜벅 걸음을 놓던

국판 양장 한정판으로 발행된 사막과

모래바람 사는 주소와

아무렇게나 부려 놓은 지방도로와

등에서 좀처럼 내려오지 않는 서향과

같은 핏줄

같은 종교

수도암*

아무도 찾아오지 않는

하루종일 하품만 피어 있는

나도 모르는 '나'

그곳은 통화이탈지역

참 오래도 사시는 먹통 찾아뵈려고

소걸음 모시고 왔습니다

바위 감정도 조금 챙겼지요

세상에서 가장 오지인 그 먼 곳

얼마나 멀까

'나'

>

언제 여기다 유기했을까

사람 높이의 비탈

사람 크기의 시간

지금 뵈어도 마음 사이즈가 맞을까

걱정했더니

고마워라

가쁜 숨 걸어 놓으시고

듬성듬성 관절도 켜놓으시고

피 묻은 신발도 내려보내시고

* 경북 김천시 증산면 수도리 소재 암자.

하늘 민박

민박집 앞에 차를 세우고 방 있냐고 물었습니다. 혼자 밝았다 혼자 저무는 날들이 많은 노인이 자신의 빗소리 나는 여름 한 칸을 내주었습니다. 좀 비좁긴 했지만, 사흘과 함께 지낼 사흘이 있어서 괜찮다고 짐을 내렸습니다

지도에도 없는 사흘, 노인은 평생 자랑이나 허물을 입밖에 흘린 일이 없다고 말하고 우리가 앉은 평상은 자신이 평상임을 잊은 듯했습니다. 노인이 드나드는 통로가 사흘이라는 걸 알았을 땐 내게도 서로를 붙들고 놓아주지 않던 시절의 밤하늘이 몰려왔습니다. 낯선 것들에게 함께 지낼 사흘을 내주고 노인은 그 사흘을 좀 떨어진 곳에서 나의 똥광 같은 죄를 읽었습니다

나 떠난 것들과 노인 떠난 것들 밤새 맞대보다가 문득 출하 끝낸 무밭 같던 사흘을,

노인은 그 사흘을 꽁꽁 묶어 돌아오는 차 트렁크에 실었습니다 '비 맞은 사흘, 볕에 잘 말려두게 생물이라 쉽게 상하네'라는 말 너머 두고두고 바라볼 하늘도 챙겼습니다

나는 나를 경계로 안과 밖이 넓어졌습니다

입추 무렵

할머니가 할머니까지 건너가려고 놓은 길

입추가 뒤따라가다가 발 부르튼 길

고갯마루 올라서서

"다 왔다."

할머니 마음을 돌아나가자 버즘나무

"다 왔다."

물살에 떠내려간 길 건져 놓고

"다 왔다."

조건도 다짐도 없는 곳에서만 자생하는 산 도라지꽃 닮은 그 말

"다 왔다."

>

처음으로 영원 같은 것도 만져지고 나를 뒤적거리며 멀리서 보내오던 뭉게구름 같던 그 말

"다 왔다."

질문아, 잠 좀 자자

아래층의
바닥에 머리 꽝꽝 짓찧으며 혼자 사시는
새벽을

경비원이 올라와
열었다가 도루 닫고…
열었다가 도루 닫고…

밤새 삶 빽빽 피워대느라 수북이 쌓인 질문들

석계역

석계역 끌고 가서
석계역 기차 쇠바퀴 소리 덜컹거리는 밤
도로 실어 왔지요

오래전 내가 주무시라고 사 보낸 밤

대못치고 푹신한 매트 깔아드렸으나
시만 써대느라 혼자 구석에 처박혀 늙어버린

밤

뜯어보니
어지럽게 흩어진 질문들
다 마셔버린 빈 전화번호들

집 근처 가로등 밑으로 깡소주 몇 병 불러내
타이르고, 달래고, 어루만지고 · ……

밤은 밤이 얼마나 지겨웠을까

>

밤을 꺼뜨린 시
시를 꺼버린 밤

끌어내 훌훌 털어 볕 좀 쬐어 개 놓았어요

이정표

사람이 사람에게 다가가는 길을 뜯어버린 세계

시한테 사람 가르쳐보려고
길의 일원으로 재직하는

이 세상 단 한 사람을 위해 존재하는
언어

팔

가랑잎 안부

'여럿이 왔다가 혼자 가는 날을
왜 이리 무겁게 들고 다니는 걸까'

라는 생각으로 길가 의자에 앉아계신

마음 한 분

그건
집 뛰쳐나갔어도 혼내지 않고
마중 나온
안아준
멀리 가물가물 석유냄새 나는 불빛 같고
마분지 같은

추운 안부

세계에 징역살이한 마음들아,
출소하면 밥 한번 먹자

가래침은 아직 신을 만한가.
고집은 몸 성하신가.

고사목

안경을
모자를
넥타이를
명함을
국민을
둘레를
번호를

모두 벗겨다오

외피뿐인
윤곽뿐인
이미지뿐인
관념뿐인

나를

달뜨는 창가에 놓아다오

오직 달빛으로만 반사되는

평생 서서 배워도 낙제하는 학교

나

명함 받아들고

이상하지
이름 열고 나와 봐
이름 열고 멀찍이 서서 바라봐
물소리 언어로 비춰보라고
달밤의 마음으로 들여다보라고
이름은 관짝야
이름은 묘지라구
누워 빈둥거리기 좁아터진
꽁꽁 묶인 채 누워 있는 저 시체 좀 봐
저게 자네라고

이름의 규격으로 생활이 지시되고
이름의 형상으로 생각이 만들어지고
이름의 고집대로 세계가 자라고

가엾지
저 몰골로 결박당하고 살아왔다니

이름
달도 뜨지 않는 관습 언어

그 옆에 따로 사는 너

구경꾼들

— 브레이트 풍으로

매년 위대한 인물들이 만들어졌다.

얼마나 많은 주장들이 암매장되었을까.

허나, 다른 생명은 몰라도
사람의 방식으로는 세상이 수그러들지 않는다는 걸 안다

우리는 모두 삶의 구경꾼들

겨울 낮달

병으로 아내를 잃은 친구와 밥을 먹었다

(삶 밖으로 나서 보니 무릎이 없더군 누가 신고 갔나 봐 요즘 나는 신고 나설 관절이 없어)

친구 안쪽이 많이 닳아 있었다

오, 살 없는 서쪽

실존보다 감각이 훨씬 더 언어적인

허공에 걸어두고 홀짝홀짝 목축인다는

빈털터리 벽

4부

겨울 버즘나무의 기도

무생無生

눈 오시는 길
나무가 내 걸음 앞에 삭정이 하나를

툭!

떨어뜨린다

그 소리 주어다 처마 끝에 걸어두었더니
겨우내 얼었다 녹았다 반복하며 바싹 말랐다

저 앙상한 단어에게
한층 더 높아진 하늘을 걸어주고 싶다

정리해고

논두렁 아래 버려진 시계 속을

박차고 나온 숫자 '5'는

아직도 자신을 다섯 시로 착각하나 봐

해고된 다섯 시의 노동

시침은 이미 다른 마음을 가르키는데…

내동댕이!

시간의 관절일까

연골일까

물안개

호숫가 빈 의자에

말 없는 홑몸에

온종일 하품만 해대는 전화번호에

평생 서 있었으나 마음을 만들지 못하는 장승에

잡동사니 같은 걱정 수북이 넣은 헌 몸에

나보다 먼저 나를 알아보는 이름에

그 고요한 신탁神託에

멸점滅點에

한 번도 말해지지 않은 언어를 넣어주마

학교 자퇴한 처마도 넣어주마

>

네가 얼마나 깊어졌는지

궁금해지면 가끔 돌이나 던져보며

어떤 낭인浪人을 위하여

버즘나무는
근처에 버스 정류장을 데리고 삽니다
이발소도 키웁니다
무허가 복덕방도 심었습니다

이제보니 버즘나무의 둥근 둘레와 높이가 훌쩍 자란 것이 혼자가 아니었습니다

노래 속에 넣어 둔 노래
절반은 가슴이고 절반은 등뿐인 서로
윤곽이 다른 걱정
입구와 출구가 바뀐 이별
사람 끝에서 캔 사람

버즘나무는
저 혼자 버즘나무가 된 게 아니었습니다

버즘나무 아래서 세계는 자애롭고

버즘나무가 버즘나무로 충분해질 무렵,

나는 무애無碍와 환절換節과 연緣이라는 말들이 멀리 내다보이는 곳에서 한 철을 노숙했습니다

그늘 이후

집 앞 오동나무가 우거져 그늘이 꽤 짙었어 동네 어른들이 모여 가뭄을 이해하고 물길의 멱살을 잡다가도 물길을 서로 나누어 갖고 돌아섰던 곳이지 해 질 무렵이면 곰방대 터는 소리가 수북했어 암 그랬지 그런데 말야 어느날 갑자기 아랫집 민우 애비가 논에 뿌리다 남은 파라치온 마시고 급사했지 뭐야 병원에 실려 갔지만 돌아오지 못했어 마을 어른들은 오동나무를 베어 관을 만들어 주기로 했지 그날로 오동나무는 사라지고 오동나무의 푸르고 짙은 기다림이 죽은 이의 관짝이 된 셈이지 아버지의 바닥 깊은 낮잠이나 우리들의 풀다 만 수련장이나 어른들의 관대한 물꼬가 민우 애비의 관짝이 될 줄이야

나는 밤이 일찍 오는 사람들의 그늘을 열고 오래된 시간을 바라보거나 멀리 있는 표정을 떠올리며 지금도 어떤 여름은 가까운 이름 몇 놓치기도 하지

그늘 들어내니 사람이 새더군

사람이 지옥이라는 사람의 생각을 지나면 멀리 방파제가 보였어 오늘은 세상 곳곳에 흩어져 사는 이름들 휘날리다 왔네 문득 손에 쥔 돌멩이가 아직 마음이 남아 있는지 울퉁불퉁 툴툴거리

더군 그런데 말야 그늘 이후는 왜 그리 멀리 있는 사람이 잘 보이는지 그들의 눈빛이나 피워 보려고 그늘 이후를 몇 그루 사다 심었지만 토양이 척박해졌는지 그게 잘 안돼 그늘 이후는 더는 그늘이 자라지 않더군

밤 편지

네가 생각나는 밤으로 비가 오고

네가 생각나는 밤으로 달이 뜨고

어제는 약속을 까맣게 잊고

전화번호만 야단치고

너한테 가서 타오르고 싶다고

너한테 가서 저물고 싶다고

밤 한 통 썼다 찢고

썼다 찢고

물 다비식

물을 태우고 난 뒤
재를 헤집어 물소리 몇 과 수습하다

물소리는 물의 사리
물의 뼈

물소리 봉안할 절 한 채 지어야 하리

분재원에서

등산복 차림의 수요일이 나를 캐서 들고 오네

다듬으면 모양 좀 나오겠다고

욕망이고, 고깃덩어리이고, 전망 없는 고집이고, 밤을 가르치는 밤 선생이고, 가끔 절망이고, 서두름이고, 서투름이고, 몽상인

나를

자르고, 꺾고, 비틀고, 두들겨 패고, 윽박지르고, 어르고, 달래고…

평범함 곁에 놓네
고요도 꼬깃꼬깃 넣어주네
날씨가 찾아와 문법을 뜯어고치네
별이 뜨는 창을 걸어 놓기도 하네
하늘을 별도로 꿔 오네
미제렐레 단선율 미사곡 오려서 입구를 만들었네

사람 치받친 자리마다 마음이 만들어지는 방식으로

자서전

이름 옆에 눌러붙어 산 평생에게

단 세 음절로 요약된 삶이 있을까

혼자라는 성지

내 곁에서 평생 노숙하고 사신

혼자

그분을 위해
내게서 나를 끌어내겠다
이젠 들어와 맘 편히 사시라고
축축한 내면도 볕에 뽀송뽀송 말려서

나를 정중히 치워드리겠다
나 죽은 뒤에도 살아계실 그분을 위해

제대로 가르치지 못한 채 부려먹기만 했던

그믐달 닮은
혼자

내겐 당신이 성지다

저속보호구역

나는 나를 위반할 수 없다

누군가 은행나무에 가을을 설치했으므로

돌장승

저 서성거림

누군가에게는 맨발
누군가에게는 헛걸음

추운 서성거림

문밖에 걸린
나 대신 비 맞는 나

그건 시가 언어를 견디는 방식

누가 걸치고 다녔는지
누더기가 된 자세

서 있으므로 마음이 만들어지는
서성거림

부탁하고 싶다.
내가 나를 고쳐 입을 때까지 내 곁에 서 있기를

돌

너는 땅바닥이니라 엎드려 읽어야 할 삶이니라 일어나거라 네 힘으로 걸어가라 네 자신에게 넘어지고 네 자신에게서 일어서라 스스로에게 부축받고 스스로에게 일어서라 스스로에게 당당히 맞서라 언제나 상대는 너 자신, 너는 네 자신이 동지인 동시에 적! 걸어라 너의 언어에게 다가가 구원 받아라 너의 언어로 쓰러지고 너의 언어로 태어나라 들어가 기도하라 너 자신에게 발생하고 너 자신을 발간하라 너에게서 깨어나고 너에게서 부활하라 막힌 곳이 있다면 그곳이 너의 출구, 마음에서 출소하라 마음을 수감하라 너는 땅바닥이니라 엎드려 읽어야 할 삶이니라 네가 너인 세계가 되어라

겨울 버즘나무의 기도

나로부터

틀린 박수를 끌어내소서
엉거주춤한 아랫도리를 끌어내소서

밤에게만 최선을 다하는 후회를
써 놓았으나 발송을 거부하는 편지를
끌어내소서
끌어내소서

땅바닥에 무릎 꿇리소서

나를 사람에게 갇히지 않게 하시고
나의 언어들이 모든 날씨를 가르치게 하소서
이 무신론자의 기도가 아무리 가난하더라도

나는 나를 낭독하지 않습니다
나는 나를 번역하지 않습니다

나를 내 밖에 세워두고 눈 맞히소서
내가 나로 들끓게 하소서

대성당

눈만 뜨면 기어 나와 쏘다니다
밤에만 들어앉아 기도할 수 있는
처마가 현관인 움막

수그리고 들어가라
수그리고 들어가라

낡고 침식되어 마음 술술 새는 가건물
1인 기도실

나

눈사람

기쁨!

네가 온다는 소식
네가 발아래 도착했다는 전갈
네가 천천히
아주 천천히 걸어오고 있다는

더디지만 나를 향하고 있다는

한 송이 하얀 발

너를 맞이하기 위해
너를 안아보기 위해

문밖에 나가 있는 옷매무새
문밖에 나가 있는 팔 없는 팔
문밖에 나가 있는 헛기침
문밖에 나가 있는 문밖

너를 안아보려고

밤은 켜져 있어야 하고
밤을 밤새워 가르쳐야 하고

우리를 발 없는 발로 서 있게 하는

하얀 마주침
하얀 시

밤에게 던지는 스무 가지 청문聽聞

밤은 시간의 내부일까 바깥일까?

월요일 밤의 냄새와 토요일 밤의 냄새 중 어느 것이 더 존중받아야 할까?

나의 밤과 너의 밤은 왜 서로 입장이 다를까?

밤이 점점 오만해지고 난폭해져도 신은 왜 타이르지 않을까?

시계 속의 5와 시계 밖의 5는 서로 아는 사이인가?

트라클과 파울첼란이 시 쓰던 밤 중 어느 밤이 더 캄캄할까?

60분의 표정과 1시간의 표정은 서로 근친近親일까 원친遠親일까?

밤도 밤이라는 게 싫을 때가 있을까?

자살한 사람들의 마지막 밤은 누가 소장하고 있나?

밤이 없다면 사람이 사람을 찾아가는데 얼마나 멀까?

>

지구는 언제 철드나?

가로등은 밤의 상처일까 장식일까?

달은 인간을 기르지 않으니 얼마나 홀가분할까?

수학여행은 60년대 밤의 파도 소리를 아직도 보관하고 계실까?

니체는 왜 신을 직무정지 시켰나?

지구는 인간이 얼마나 지겨울까?

달은 왜 밤에만 지구가 궁금할까?

밤이 없다면 시간은 과로사했을까?

시간은 신의 감정일까, 인간의 감정일까?

누가 밤을 밤으로 채택했을까?

해설

사람이라는 기쁨과 사랑의 구원을 위하여

장석원 시인 · 문학평론가 · 광운대 교수

사람이라는 기쁨과 사랑의 구원을 위하여

장석원 시인 · 문학평론가 · 광운대 교수

1. 갑사에서

「계룡산」을 읽고 매장된 기억을 발굴한다. 사실은 사라졌다. 이미지의 잔상만 너울거린다. 그날 우리는 갑사를 거닐었다. 시인과 다른 시인과 한 평론가와 나. 서울에서 내려간 시인과 평론가의 선문답 같은 대화를 조용히 응시하면서 연못에 어른거리는 바람의 그림자처럼 혼자와 타인의 경계를 넘나들던, 어느새 허공의 침묵에 스며들던, 이관묵 시인의 일렁이는 눈빛을 기억한다. 폼페이의 그라디바처럼 그가 걸어온다. "막 해지는 당신이 나를 통과하고 있습니다." 그가 그날 갑사에서 띄웠던 편지가 당도한 것이다. 편지에 적힌 한 문장. "나를 다 읽으면 찢어버리세요." 기억을 세절한다. 문자가 비산한다. 서신을 수신한 나의 몸에 글자가 새겨진다. "당신과 나, 아직 도착하지 않은 서로의 답장입니다."

2. 망각望角과 봉독奉讀

장-프랑수와 밀레의「만종」을 펼친다. “두 부부가 일손을 멈추고// 발아래 내려다보”(「할미꽃」)고 있다. 나는 시와 그림을 겹쳐 놓는다. 고개 떨구고 두 손 모아 감사 기도 드리는 부부가 두 그루 관목 같다. 시간에 떠밀려 사라지는 세사世事 속에 고사목처럼 그들이 박혀 있다. “사랑받지 못하고 죽은 시간을 위하여” 또한 “발아래 매장된 발의 싹을 위하여” 두 사람이 할 수 있는 것은 생의 간절함을 다지고 다져 흙에 파종하는 일. 부부의 발에서 싹이 돋아난다. 그들은 대지가 품어 틔운 꽃이다. 사람이 발아한다. 사건이 시작된다. “새가 높이 날아오르”고 “봄의 남쪽이 크게 한 번 출렁”한다. 시인이 할미꽃의 속삭임을 받아 적는다. 결정적 사건의 도래, 개화. 할미꽃처럼, 그림 속의 부부처럼, 저두低頭한다. 우리는 “수그리고 또 수그”린다. 수그린 삶의 양태를 압축한 꽃, 할미꽃이 머리 숙여 낮게 기도하는 소리 들려온다.

> 늦가을 청암사 진영각/ (……)// 툇마루 혼자 앉아 듣는 낙숫물 소리/ 스님은 비를 봉독하고/ 땅바닥은 그걸 받아쓰고// 저 소리로 나는 나를 받아쓰고 싶다/ (……)// 온전히 나를 나이게 하는 언어// 땅바닥
>
> —「땅바닥 경행經行」 부분

‘나’는 저 세계에 실재하는 “낙숫물 소리”를 본다. 스님이 “비

를 봉독하고" 있는 것이 아니라, 시인이 땅바닥에 닿는 비의 움직임을 받들어 읽는다. 비가 써 내려가는 시. 빗줄기가 땅바닥에 그려 넣는 시. 소리가 지면에 재봉질하는 문구. 그 "소리로 나는 나를 받아쓰고 싶다"고 말하는 시인. 미친한 '나'가 할 수 있는 일, 비가 땅바닥을 양각하는 광경을 보고[望], 뜯어낸 땅바닥, 마음의 지면에 자연의 숨소리를 기재하는 일. 우리에게 보고報告하는 일. 그것만이 "온전히 나를 나이게 하는 언어"라고 다짐하는 시인의 말소리 땅바닥에서 핏물처럼 배어나온다. 봉독하기 위해 봉쇄한다. 세속적 삶에 일그러진 '나'의 귀면鬼面을 바로 보기 위해 땅바닥에 얼굴을 대고 기어간다. 얼굴을 간다. 엎드려 빗줄기 채찍을 알몸으로 받아낸다. 처벌 또는 학대. 행위의 주체는 '나'이고, 대상도 '나'이다. 시인이 염결한 의지로 올연한 시를 빚어낸다.

> 마음이 마음을 건드려 빛을 발하듯/ 구절초 앞에서는/ 구절초 앞에서는/ 왜 이별을 만든 이유가 말해지는지/ 왜 모든 얼굴들이 이해되는지/ 구절초 앞에서는/ (……)
>
> ―「구절초 앞에서는」 부분

나는 이것을 깨달음이라고 여기지 않는다. 이관묵은 독자를 가르치지 않는다. 시는 도덕의 교재가 아니다. 시는 재도지기載道之器가 아니다. 시인이 낮은 목소리로 허공에 "마음 줄줄 엎질러진 얼룩 같은 꽃"을 새긴다. 구절초가 피었다. 꽃이 '나'에게 전해주는 것은 무정형의 마음뿐. 아무 말도 하지 않는다. 침묵의 꽃이 기다렸다는 듯이 마음을 건넨다. 누구나 받을 수 있지만 아무나 받지 못하는 그 꽃은 흉중 어둠에 숨어 있었다. 꽃의 마음에 촉지觸指할 수 있어야 '나'의 마음도 받아들일 수 있다. 꽃의 마음이 '나'의 마음을 건드린다. 각角이 솟는다. 빛이 퍼진다. 구절초 앞에서 일어난 일이다. 시인이 발견한 수긍의 대상이다. "이별을 만든 이유"를, 그 이별을 실행한 그 사람과 '나'를 이해한다는 말이 아니다. 이별을 받아들일 수밖에 없다. 이별의 "후문 같은 꽃"이 '나'를 기다린다. '나'가 발견한 것이 아니다. 꽃이 나를 선택했다. 시인이 시 속에 구절초를 심어놓았다. 우리가 봉독한 꽃의 말이다.

3. 능멸과 처벌

삶을 능멸한 자, 마땅히, 벌 받아야 하리. '시'라는 천형에서 벗어나지 못하리. 이관묵의 시집에 절절하게 울려 퍼지는, 표현되지 않았지만, 돋을새김되는 가혹한 태형의 문장. 시를 쓰는 자들에게 삶이 휘두르는 징계의 칼날. 함부로 시 쓰지 말라는 뜻이다. 하여 우리는 이관묵의 시집에서 '평생 시로 자신을 능멸한 죄 찬란하다'라는 문장을 캐낸다. 시인의 죄에 영광의 왕관을 선사하는 것, 시뿐이다. 능멸("우리는 이미 삶을 능멸하고 있다", 「건어乾魚」)과 처벌("말 안의 나와/ 내 안의 말과/ 번갈아 두들겨 패다", 「산딸나무 꽃」)의 이중주가 시의 광배를 드리운다. 시인의 고통과 시의 쾌락적 황홀이 치환된다. 시가 처형해버린 자, 시인. 시의 영광을 위해 '나'는 가장 소중한 것을 시에 바쳐야 한다. 이관묵은 시가 요구하는 것에 자신을 내어준다You are a drug to me. 사랑을 봉헌한 자의 절대 고독. 시는 다른 사랑을 원하지 않는다. 시는 시인에게 오로지 자신만을 사랑할 것을 명령한다. 다른 존재에게 마음을 주지 말라고 선언한다. 시가 시인의 사지를 자른다. 눈구멍에 납물을 붓는다. 혀에 쇳물을 내리쏟는다. 빛나는 고통 속으로 들어선다. 몸통만 남겨진다. 시인의 토르소에 새 몸이 잎새처럼 돋아난다. 시이다. 이관묵 시의 엑스터시가 이것이다. 전율이다. 진동수가 일치한다. 공진共振이다. 우리는 갈갈이 찢어진다.

> 공공근로 나온 꽃들이/ 언덕을 떠메고 가네/ 무거운 듯 힘겹게 떠메고 가네// (……)// 돌아서서 검은 비닐봉지 닮은 나를 벌려/ 다시 나를 구겨 넣네
>
> —「봄 무늬」 부분

봄꽃이 피었다. 공공근로 나온 사람들이다. 언덕에 사람 꽃이 박혀 있다. 땅바닥에 다닥다닥 붙어 앉은걸음으로 조금씩 움직인다. 살아서 꿈틀거린다. 그들이 아니라, 그들을 바닥에서 뜯어내 시의 화폭에 옮겨 심은 '나'가 아프다. 살아 있어서 아프다. 아름다운 비참이다. 시인이 할 수 있는 것, 자폐 또는 수감. "돌아서서 검은 비닐봉지"에 "나를 구겨 넣"는다. 봄꽃을 발견한 일, 죄이다. 마땅히 처벌받아야 한다. 누가 누구를 투옥하는가. 시인이 자신을 암흑 속에 가두고 출입구를 밀봉한다. 그리고 기도한다.

나는 나를 낭독하지 않습니다/ 나는 나를 번역하지 않습니다// 나를 내 밖에 세워두고 눈 맞히소서/ 내가 나로 들끓게 하소서

—「겨울 버즘나무의 기도」 부분

'나'를 위해 '나'를 깎아낸다. '나'의 비루함과 남루함을 절삭한다. 홀로 눈 맞는 '나'와 "나 대신 비 맞는 나"를 쪼개버린다. 이것이 "시가 언어를 견디는 방식"이다. "내가 나를 고쳐 입을 때까지"(「돌장승」) "나는 나를 낭독하지" 않고 "번역하지 않"을 것이다. 시인의 다짐이다. 그가 지켜야 할 원칙이다. "내가 나로 들끓"어 언어라는 몸을 잃을 때까지, 언어 없이 시의 몸을 탄생시킬 때까지, '나'는 "수그리고 들어"갈 것이다, "1인 기도실 // 나"(「대성당」)의 내부로, 어둠의 내장 속으로. 이관묵의 시집 안에서 조르주 루오의 검은 예수를 대면한다. 그의 시적 윤리가 길어 올린 이미지이다.

4. 혼자와 사람

여기 「고사목」이 있다. "외피뿐인/ 윤곽뿐인/ (……)/ 관념뿐인// 나"가 있다. 시인은 여행 중이다. "혼자 저무는 날들이 많은 노인이 자신의 빗소리 나는 여름 한 칸을 내"준 「하늘 민박」에 투숙한다. 사람을 만나 "나의 똥광 같은 죄를 읽었"다고 고백하는 시인. "나 떠난 것들과 노인 떠난 것들 밤새 맞대"본 후, 아버지와 사별하는 것처럼 떠나올 때, 노인이 건넨 말, "비 맞은 사

흘, 볕에 잘 말려두게 생물이라 쉽게 상하네". 이 별리는 겪지 않은 일일지도 모른다. 그가 염원하여 욕망이 만들어낸 가상일지도 모른다. 취생몽사일지도 모른다. 환몽還夢한 그에게 남겨진 말. "나는 나를 경계로 안과 밖이 넓어졌습니다".(「하늘 민박」) 이전에 그가 던진 질문.

> 침침한 등잔불 밑에서 툭툭 틀어지는 엄마를 꿰매던 빗소리가,/ 죽은 이가 묻힌 검은 가슴이,/ 내가// 모두 같은 소년에서 살다 떠난 벽입니다// (……)// 내가 내 안의 소년일까?/ 소년이 내 밖의 나일까?/ 도대체 나는 윤곽일까, 실체일까?
>
> —「질문의 생가」 부분

과거의 '나'는 '나'일까. '나'였던 그 소년은 지금도 '나'의 일부일까. 사라진 것, 떠나버린 것이 남겨놓은 이미지. 그것만이 실체가 된다. "등잔불 밑에서" 바느질하는 엄마가 보인다. 이관묵은 빗소리가 "툭툭 틀어지는 엄마를 꿰매"고 있었다고 말한다. 축자적인 의미를 초월하는 이미지이다. 엄마의 인생을 문장 하나로 집약하는, 꿰뚫는, 이미지이다. 엄마는 아직도 '틀어지고' 있다. 영원한 현재이다. 영생하는 이미지. 우리는 함묵緘默할 수밖에 없다. 쉽게 말할 수 없는 단어 하나를 내려놓는다. 먹먹하다. '나'를 구성하고 있는 과거의 '나'를 받아들인다. 소년은 떠났지만 소년은 죽은 것이 아니다. 소년은 '나'의 영육靈肉 속에서 '나'를 바라보고 있다. '나'였던 소년이 늙은 '나'에게 손을 내민다. 소년이 '나'를 안아준다. 시간의 지각을 뚫고 사람이 돌아왔다.

사람이 지옥이라는 사람의 생각을 지나면 멀리 방파제가 보였어 오늘은 세상 곳곳에 흩어져 사는 이름들 휘날리다 왔네 문득 손에 쥔 돌멩이가 아직 마음이 남아 있는지 울퉁불퉁 툴툴거리더군

—「그늘 이후」 부분

네가 자주 앓던 사람 지나야 능소화가 보여 (……) 사람이 사람을 도려내고 그 움푹 패인 자리 다시 사람이 돋을 때까지 다녀간 밤들, 그게 능소화의 감정이라는 거 (……) 어서 '나' 열고 들어와 '나'를 앓아 봐 '나'를 아파 봐 능소화처럼

—「능소화」 부분

두 편의 산문시에서 우리는 사람을 앓고 있는 시인을 만난다. 사람이 병이고 사람이 약이다. 사람 때문에 아파하고 주저앉고, 사람 때문에 기뻐하고 일어선다. 그럴 수밖에…… 사람이 없으면 사랑이 없고, 사랑이 없으면 사랑의 고통도 없을 것이지만, 사람의 사랑이 없으면 사랑의 행복도 없기 때문에, 우리는 사람을 버리지도 거두지도 못한다. "사람이 지옥이라는 사람의 생각"을 삭제시키고 "멀리 방파제"에 나간다. 상처 받는다 해도, 중독처럼 마약처럼, 다시 '나'는 사랑 나눌 사람을 찾을 수밖에 없다. 이관묵은 이와 같은 사람의 정리情理를 깨달음의 문형으로 표현하지 않는다. "'나'를 열고 들어와 '나'를 앓아 봐 '나'를 아파"해 보라고 혼잣말을 침묵 속에 투척한다. 시인의 본질적 태도가 여기에 있다. 교설敎說/巧說하지 않으려는 의지. 이 사람

을 보라. 이 시인을 보라. 이관묵은 "사람한테 데고도 또 사람을 심"(「헌 빗자루」)는 사람이다.

> 네가 생각나는 밤으로 비가 오고// 네가 생각나는 밤으로 달이 뜨고// (……)// 너한테 가서 타오르고 싶다고// 너한테 가서 저물고 싶다고// 밤 한 통 썼다 찢고// 썼다 찢고
>
> —「밤 편지」 부분

사랑이여! 불주사 맞은 듯하다. '혼자'가 이루어낸 '사람'이 사랑이라는 사건을 실천하는 장면이다. 편지는 발송하지 못했지만 시가 찾아왔다. 나는 소중한 형용사 하나를 기입한다. 아름답다. 이관묵의 시집은 우리를 치유의 숲으로 데려간다. 거기에서 나는 사랑과 재회한다. "미움이었는지 용서였는지 모르지만, 자꾸만 나를 흔드는 어떤 힘으로 부대끼면서 또 깎았다, 너를. 네가 없으니까// 너는 내 몸 안의 너였던 높이만큼 푸르게 먼 곳이었"다고 말하면서 '너/ 나=우리'를 포옹하는 시인. 시인의 '너'가 나였으면 좋겠다는 바람 속으로 "비정형의 문장"이 들어온다. "너로 알고 깎았는데 나였다". 먼저 '나'를 깨뜨려야 한다. 사랑의 실패는 '나' 때문에 벌어진 일. 사랑의 폐허에서 '나'를 발견하고, 깨진 '나'를 인정한 후에야 이루어지는, 새로운 사랑. 사랑의 주체 '나'가 '너'에게 다가가기 위해 시인에게 필요한 것은 무엇일까. 이관묵이 보여주는 답, 「혼자라는 성지」. "그믐달 닮은/ 혼자// 내겐 당신이 성지다". 그 후에 만나는 것. 시인이 감추어 둔 말. '혼자를 격파하라.' 결기가 시퍼렇다. 시인이 우리 앞에

서 있다. 그는 '혼자'의 '고사목高師木'이다. 코스모스cosmos, 高士慕師 같은 사람이 귀환한다.

5. 멸점滅點과 구원

시니피앙과 시니피에는 결코 일치할 수 없다. 둘은 단 한 번도 한 몸이 된 적 없다. '기표—기의'의 관계는 느슨하게 묶인 계약이다. 의미는 기표에 의해 전달될 뿐이다. 이원항 관계가 불확정적인 지시 기능에서 벗어날 수 없는 이유이다. 언어의 의미가 고정되지 않고 통시적 흐름 속에서 변화할 수밖에 없는 이유이다. 시의 가변성도 언어의 특성('기표—기의'의 관계 양상)에서 기인한다. 시가 지니고 있는 불명료한 의미의 무한한 잉여들. 언어의 조건에서 비롯되는 의미의 개방성이 시에서 폭발적으로 실현되는 양상. 시의 의미를 단정할 수 없는 까닭이기도 하다. 시는 의미의 집합체가 아니다. 시인은 의미의 조물주가 아니다. 시는 모든 가능성의 열린 장場이다. 의미 대신 시를 구원하는 것, 이미지이다. 이미지만이 현실이고, 이미지만이 의미를 생성한다. 의미를 구축하려는 의도에 구속되지 않는 이미지가 기표와 얼굴을 맞대고 있는 기의를 다중적으로 지시한다. 낡은 의미를 거부하는 새로운 이미지의 힘. 이관묵의 시를 열린 체계로 끊임없이 인도하는 것, 이미지이다. "뼈 없는 맨살"(「첫 눈발들」)을 어루만진다. 우리는 이미지의 결정結晶을 마주한다. 이관묵의 시에 나는 그슬린다. 이미지—사건에 휘말린다.

물을 태우고 난 뒤/ 재를 헤집어 물소리 몇 과 수습하다// 물소리는 물의 사리/ 물의 뼈// 물소리 봉안할 절 한 채 지어야 하리

―「물 다비식」 전문

물을 태우다, 물소리 몇 과 수습하다. 불가능한 이 행위에서 이미지의 가능성을 확인한다. 물을 태운다는 진술에서 우리는 죽은 자에게 올리는 술, 타는 물 한 잔을 떠올린다. 영결永訣하기 위해 불꽃 닮은 "물의 뼈"를 담아 제단에 바친다. 물이 소리를 뱉는다. 물이 뼈를 허공에 던진다. 물소리 귀에 박힌다. 물의 뼈, 마음을 가로지른다. 물의 뼈, 몸속에 쟁쟁하다. "물소리 봉안"한다. 죽음 너머로 물이 흘러간다. 이미지는 창생創生한다. 죽음을 넘어선다. 영원한 생의 현장으로 데려가는 청각 이미지. 생령 가득한 "눈 오시는 길/ 나무가 내 걸음 앞에 삭정이 하나를// 툭!// 떨어뜨린다". 나는 '툭' 부러진다. 이미지가 나를 부스러뜨린다. "그 소리 주어다 처마 끝에 걸어두었더니 / 겨우내 얼었다 녹았다 반복하며 바싹 말랐다". 시인은 "앙상한 단어"라고 지시하지만, 우리는 빙설의 폭풍 속에 매달린, 껍질과 뼈만 남은, 말라비틀어진 북어 같은, 수사修士 이관묵의 형상을 그린다. 견딤의 양식이 걸려 있다. "한층 더 높아진 하늘"(「무생無生」)이 열린다.

이른 새벽 / 보육원 현관 앞 핏덩어리 던져 놓고/ 가다 돌아보고/ 가다 돌아보고// 눈물!// 애야, 이 분이 네 엄마란다/ 나보다 폭신한

―「흑동백」 전문

나는 흑동백, 핏덩어리 같은 꽃을 주워들 수 없다. 흑동백, 떨어진 꽃송이, 출산 후 땅바닥에 쏟아진 피, 어미 몸에서 바닥으로 떨어진 가축, 유기된 신생아로 연속되는 이미지의 변환 앞에서 우리는 무너져 내린다. 엄마의 눈물을 가슴에 담는다. 언어를 압살하는 이미지의 마력에 전율한다. 그리고 외친다. “이 세상 통곡보다 더한 구원은 없습니다”.(「절벽기도」) 시인이 전해준 아름다움에 젖어 소리친다. “기쁨!”. 이관묵의 시집은 “우리를 발 없는 발로 서 있게 하는// 하얀 마주침/ 하얀 시”로 독자를 정결한 그리움에 물들게 한다. 사랑하고 싶다. ‘너’를 만나고 싶다. “너를 안아보”(「눈사람」)고 싶다. 이 시집에서 가장 아름다운 이미지, 먼 방파제. 반지하와 할머니의 죽음과 엎어진 운동화 한 짝이 죽음을 포월包越하는 찬란한 빛으로 넘실댄다. 비극을 사랑으로 감싸는 시인의 눈물이 가슴을 적신다. 따스하고 아픈 절창을 듣는다.

갓 여남은 살이나 되었을까 사내아이가 반지하 단칸 방 찬 바닥에 새우처럼 구부리고 잠을 잔다. 며칠 전 병원으로 실려 간 할머니의 잠을 둘둘 말아 개 놓고 오늘은 할머니가 입던 시간도 깨끗이 빨아 널었다. 연탄아궁이 앞 엎어진 운동화 한 짝은 모든 길이 공중에 나 있다는 걸 어떻게 알았을까? 지상의 물음에 지하의 묵묵부답이 깊어지는 세계. 절반은 낮이고 나머지 절반은 늘 끌고 다닌다. 오늘도 그 절반을 데리고 멀리 방파제 가서 한참을 앉았다 왔다.

— 「반지하」 전문

6. 석계역에서

갑사에서 시인이 「석계역」의 시인에게 보낸 편지는 이것이다. "석계역 끌고 가서/ 석계역 기차 쇠바퀴 소리 덜컹거리는 밤/ 도로 실어 왔지요// 오래전 내가 주무시라고 사 보낸 밤// (……)// 집 근처 가로등 밑으로 깡소주 몇 병 불러내 / 타이르고, 달래고, 어루만지고……// 밤은 밤이 얼마나 지겨웠을까// (……)// 끌어내 훌훌 털어 별 좀 쬐어 개 놓았어요"

시집의 첫 시 「시 그늘」의 첫 행은 "나, 네가 왔다"이다. 나는 이 구절을 '시가 왔다, 너를 안는다, 사랑을 시작한다'로 읽는다. "내가 가장 얇을 때,/ 폐가일 때," 시가 찾아온다. 시를 발견한다. 사랑하는 '당신'과 재회한다. 당신을 만나 '나'는 "여기부터 맥박이에요"라고 "여기부터가 마음이에요"(「산안리 2」)라고 고백할 수 있었다. 환한 개화를 불러온 당신, 당신의 사랑, 당신이라는 사랑. "음악 같은/ 음악의 끝 악장 같은"(「일반석」) 당신을 만나 '나'는 아름다웠고, 당신을 읽은 나는 행복했다. "세상의 끄트머리"에서 "혼자 피었다가 툴툴거리며 지는 꽃"(「산안리 1」)을, 이관묵 시인을, 석계역에서 만난다. 그리고 당신을, 당신이라는 시를, '나'의 사랑을, 우리의 재회를 노래한다. 사람 끝에서 사람과 상봉한다. 시집의 붉은 박동이 들려온다.

노래 속에 넣어 둔 노래
절반은 가슴이고 절반은 등뿐인 서로
윤곽이 다른 걱정

입구와 출구가 바뀐 이별

사람 끝에서 캔 사람

— 「어떤 낭인浪人을 위하여」 부분

이관묵 시집

반지하

발　행 2021년 3월 18일
지 은 이 이관묵
펴 낸 이 반송림
편집디자인 김지호
펴 낸 곳 도서출판 지혜 · 계간시전문지 애지
기획위원 반경환 이형권
주　소 34624 대전광역시 동구 태전로 57, 2층 도서출판 지혜 (삼성동)
전　화 042-625-1140
팩　스 042-627-1140
전자우편 ejisarang@hanmail.net
애지카페 cafe.daum.net/ejiliterature

ISBN : 979-11-5728-431-3 03810
값 10,000원

이관묵

이관묵 시인은 충남 공주에서 태어났고, 1978년『현대시학』을 통해 작품활동을 시작했다. 시집으로는『동백에 투숙하다』,『시간의 사육』,『가랑잎 경』,『저녁 비를 만나거든』등이 있다.

이관묵 시인의 일곱 번째 시집인『반지하』는 어렵고 힘든 이웃들에 대한 하심下心이며, 그 이타적인 사랑이「물 다비식」,「흑동백」,「절벽기도」,「눈사람」등에서처럼, 더없이 넓고 깊게 울려퍼져 나간다. "이관묵의「반지하」에서 가장 아름다운 이미지, 먼 방파제. 반지하와 할머니의 죽음과 엎어진 운동화 한 짝이 죽음을 포월包越하는 찬란한 빛으로 넘실댄다. 비극을 사랑으로 감싸는 시인의 눈물이 가슴을 적신다. 따스하고 아픈 절창을 듣는다."(장석원)

이메일 : 2km21c@hanmail.net